AF345153

PARIS

IMPRIMERIE C. CHAIXOUR

N° 10, RUE MILTON

Tableaux Modernes

ET DES ÉCOLES

Française, Italienne & Flamande

PASTEL - DESSINS - GRAVURES

HOTEL DROUOT, SALLE N° 8

Le Mercredi 7 Décembre 1904

À 2 HEURES

Mᵉ H. GABRIEL	M. VANNES
COMMISSAIRE-PRISEUR	EXPERT
44, Rue de Londres	54, Faubourg-Montmartre

EXPOSITION PUBLIQUE

Le Mardi 6 Décembre 1904, de 2 heures à 5 heures 1/2

CONDITIONS DE LA VENTE

La vente sera faite au comptant.

Les acquéreurs paieront *dix pour cent* en sus des prix d'adjudication.

Aucune réclamation ne sera admise une fois l'adjudication prononcée.

DÉSIGNATION SOMMAIRE

1 — BARON. Paysage.

2 — BENASSIT. Cavaliers.

3 — BENASSIT. Episode de la guerre de 1870.

4 — BRISSOT. Cour de ferme.

5 — BRETON (Ecole de J.). Les Communiantes.

6 — CHARLET. A la forge.

7 — CLAUDE (Eugène). Les Giroflées

8 — CHINTREUIL. Sous bois.

9 — CHINTREUIL. Paysage.

10 — COURBET. Portrait d'homme.

11 — COURBET. Le chemin du diable à Saint-Cloud.

12 — COROT (École de). Paysage.

13 — COROT (École de). Paysage.

14 — DAUBIGNY (École de). Etude de rivière.

15 — DAUBIGNY (École de). Bords de rivière.

16 — DAUBIGNY (École de). Les Moulins.

17 — DECAMPS. Un buveur.

18 — DECAMPS. Etude de chevaux.

19 — DELACROIX (École de). Monseigneur Affre à la barricade.

20 — DELACROIX (Genre de). Etude de marin.

21 — DESBOUTIN. Femme à l'Eventail.

22 — DREUX (Alfred de). Cavaliers.

23 — DIAZ (N.) Fleurs. Etude.

24 — DIAZ (Genre de N.). Sous bois.

25 — DORE (G.). Breton.

26 — DROLLING. Deux jeunes filles.

27 — DUPRÉ (Genre de J.). Une Ferme.

28 — GERICAULT. Etude de cavaliers.

29 — GERICAULT. Le Christ apaisant la tempête.

30 — GREUZE (Ecole de). Femme en pleurs.

31 — GUILLEMAIN. A la Fontaine.

32 — ISABEY (Ecole de). Tête de jeune fille.

33 — JAPY. Paysage.

34 — LÉPINE. Bords de rivière.

35 — MAX MICHAIL. Paysan dans un atelier d'artiste.

36 — MARILHAT. Vue d'Orient.

37 — MICHEL. Le Moulin.

38 — MICHEL. Le Troupeau.

39 — MONTICELLI. Musiciens ambulants.

40 — MONTICELLI. Faust et Marguerite.

41 — MUNCKACSY. Episode des guerres de Hongrie.

42 — MUNCKACSY. Etude de Nu.

43 — PENNE (de). Chasse au Cerf.

44 — PLASSAN. Paysage.

45 — REGNAULT (HENRI). Femme du Maroc.

46 — ROBERT (HUBERT). Incendie d'un port de mer.

47 — ROSA (Genre de SALVATOR). Paysage.

48 — ROUSSEAU (TH.). Vue de Rouen Etude.

49 — ROUSSEAU (Genre de Th.). La Gorge
aux loups.

50 — ROUSSEAU. Une Baigneuse.

51 — TASSAERT.

52 — TROYON (Ecole de). Paysage.

53 — TROUILLEBERT. Paysage.

53 *bis* — TROUILLEBERT. Maison de ferme.

54 — VILLAIN. Fruits.

55 — VINCELET. Fleurs.

56 — VALLIN. Baigneuses.

57 — VERNET (Horace). La mort de Marceau.

58 — VERNET (Horace). Officier russe.

59 — VEYRASSAT. Les Vendanges.

60 — VOGLER. Paysage.

61 — WOUVERMAERTENS. Les petits amis.

ÉCOLE MODERNE

62 — La Rentrée des Moutons.

63 — Les Bûcherons.

64 — Fleurs.

65 — Incendie.

66 — Cour de ferme.

67 — Paysage.

68 — Bords de rivière.

69 — Maison rustique.

70 — Paysage.

71 — Solférino.

72 — Etude.

73 — Paysage.

74 — Vache à l'abreuvoir.

75 — Femme au bord de l'eau.

76 — Incendie d'une ville au bords de la mer.

77 — Paysage.

78 — Femme au chat.

79 — Tête de paysage.

80 — Paysage.

81 — Sous bois.

82 — Paysage.

83 — Jules Breton ?

84 — Femme au bords de l'eau.

ÉCOLE ANGLAISE

86 — BONNINGTON. Charles Ier.

87 — Le Marché aux bestiaux.

88 — Portrait d'homme.

89 — Paysage.

90 — Dans les rochers.

91 — Paysage.

92 — Entrée de village.

93 — Le Retour des champs.

94 — La Naissance de Venus.

95 — Paysage.

ÉCOLE FRANÇAISE

96 — Amours.

97 — ECOLE DU XVIIIᵉ SIECLE. Groupe
d'amours.

98 — ECOLE DU XVIIIᵉ SIECLE. Portrait de
Louis XV.

99 — ECOLE DU XVIIIᵉ SIECLE. Sujet allégo-
rique.

100 — ECOLE DU XVIIIᵉ SIECLE. Portrait
d'homme.

101 — ECOLE DU XVIIIᵉ SIECLE. Marie Leck-
zinska.

102 — ECOLE DU XVIIIᵉ SIECLE. St-Nicolas.

103 — ECOLE DU XVIIIe SIECLE. Portrait de femme.

104 — ECOLE ITALIENNE. La Vierge et Jésus.

105 — EC. ESPAGNOLE. La Vierge au mouton.

106 — ECOLE FLAMANDE. Tête d'homme.

107 — ECOLE FLAMANDE. Le laboratoire.

108 — ECOLE FLAMANDE. L'alchimiste.

RED. :

16

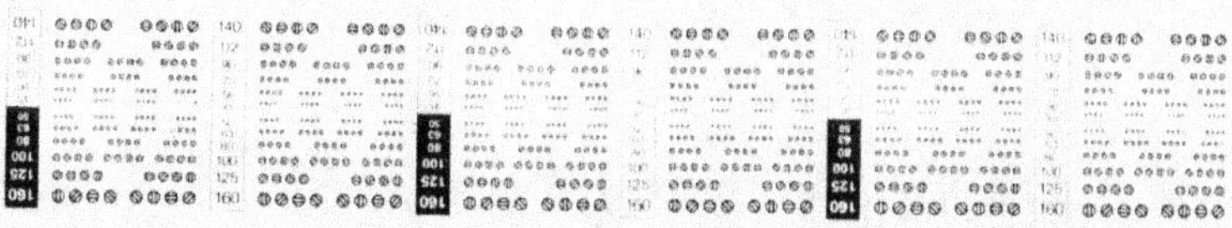

MIRE ISO N° 1
NF Z 43-007
AFNOR
Cedex 7 - 92080 PARIS-LA-DEFENSE

graphicom

0 1 2 3 4 5 6 7 8 9 10

BIBLIOTHEQUE NATIONALE DE FRANCE

****

CHATEAU DE SABLE

1996